# Les Femmes en Blanc

## J'ÉTAIS INFIRME HIER

Dessin: Bercovici / Scénario: Cauvin

DUPUIS

D.1989/0089/15 — R.3/2007.
ISBN 978-2-8001-1635-8 — ISSN 0771-9124

Imprimé en Belgique.
www.dupuis.com

# Le geste qui sauve

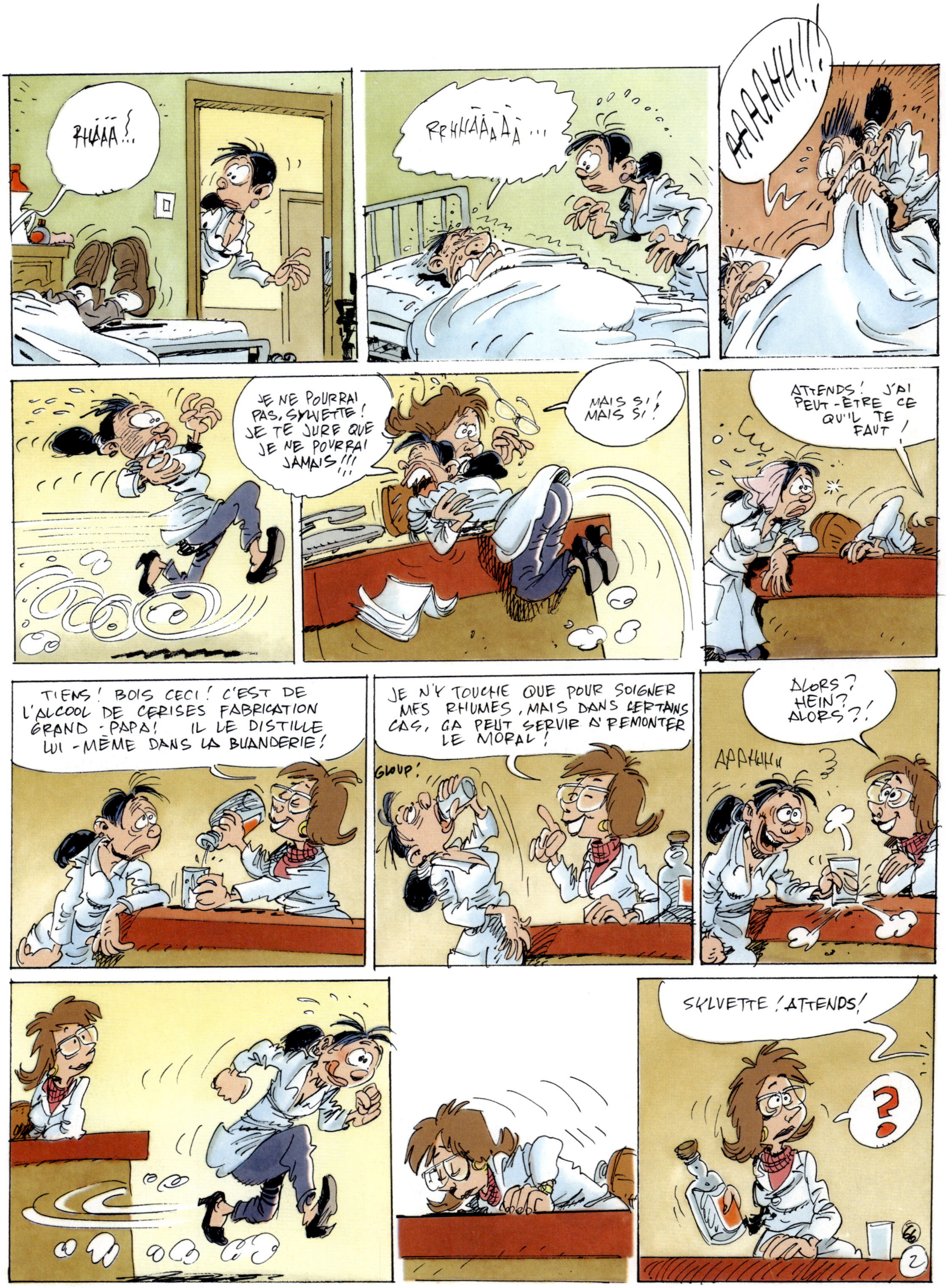

RHÂÂÂ ?..
RRHHÂÂÂÂÂ...
AAAAHH!!!
JE NE POURRAI PAS, SYLVETTE ! JE TE JURE QUE JE NE POURRAI JAMAIS !!!
MAIS SI ! MAIS SI !
ATTENDS ! J'AI PEUT-ÊTRE CE QU'IL TE FAUT !
TIENS ! BOIS CECI ! C'EST DE L'ALCOOL DE CERISES FABRICATION GRAND-PAPA ! IL LE DISTILLE LUI-MÊME DANS LA BUANDERIE !
JE N'Y TOUCHE QUE POUR SOIGNER MES RHUMES, MAIS DANS CERTAINS CAS, ÇA PEUT SERVIR À REMONTER LE MORAL !
GLOUP !
ALORS ? HEIN ? ALORS ?!
AAAHHH..
SYLVETTE ! ATTENDS !
?

!
GLOUPS !
A... ANNE ? ÇA VA ?
OUAIS OUAIS !...
POPS !
SYLVEEETTE !
ANNE, ÉCOUTE, JE ...
GLOUP !
T'OCCUPE !...
BURP
'MOISELLE !
?
GLOUPS !
RHÂÂÂ
MERCI !
RHÂÂÂ
ZZZYLVETTE !!

MMMOISELLE !
RHAA
GLOU GLOU
C'EST PAS VRAI ! MAIS C'EST PAS VRAI !
ZZYLL... ZYLVEEETTE !
MMOISELLE !!
GLOU GLOU GLOU
GLOU GLOU GLOU
1/2 HEURE PLUS TARD...
OUF ! ENFIN J'Y SUIS ! C'EST UNE VOITURE DE POLICE QUI M'A CONDUIT JUSQU'ICI ! J'ESPÈRE QU'IL N'EST PAS TROP TARD !!
OÙ EST LE BLESSÉ ??!
VITE, DOCTEUR, VIIIITE ! IL FAUT FAIRE QUELQUE CHOSE ! ELLE FINISSAIT DE ME RECOUDRE QUAND SOUDAIN ELLE A EU UNE CRISE DE DELIRIUM TREMENS !
LÀ ! RHAAA RHAAA LÀ !!
HOUPS
ELLE PRÉTEND - HIPS - VOIR DES RATS ET DES ARAIGNÉES PARTOUT ! BURP ! J'AI BEAU LUI DIRE QUE CE NE SONT QUE DES CHAUVES-SOURIS, MAIS ELLE...
MAIS OÙ ÊTES-VOUS ALLÉS INGURGITER TOUT CET ALCOOL ?
VOYONS, MADEMOISELLE SYLVETTE, COMMENT POURRAIS-JE VOUS EN VOULOIR ? GRÂCE À VOUS, ELLE LUI A SAUVÉ LA VIE, ET TOUT SE TERMINE PAR UN BEAU MARIAGE !
OUI, MAIS VOUS NE CROYEZ PAS QU'IL RISQUE D'Y AVOIR CERTAINES SÉQUELLES ?
AU DÉBUT, PEUT-ÊTRE, MAIS ÇA SE TASSERA !
CHÉRI ! RECEVOIR LA BÉNÉDICTION NUPTIALE D'UN CHIMPANZÉ, EST-CE QUE C'EST BIEN NORMAL ?!
VOYONS, CHÉRIE, TU VOIS BIEN QUE C'EST UNE AUTRUCHE ! QU'EST-CE QUE TU AS CONTRE LES AUTRUCHES ?
CAUVIN

# Noël, remake...

EN CETTE NUIT DE NOËL, L'IDÉE D'UNE CRECHE VIVANTE DANS L'HÔPITAL EST EXCELLENTE, MESDEMOI- -SELLES, MAIS COMMENT COMPTEZ- VOUS VOUS Y PRENDRE ?
VAS-Y MONIQUE !
EH BIEN VOILÀ : ON PRÉPARE LA CRÈCHE, AVEC UN BERCEAU AU MILIEU, MAIS ON LE LAISSE VIDE...
JE... JE NE VOUS SUIS PAS...
...À MINUIT PILE, ON PLACE LE PREMIER NÉ DANS LE PETIT BERCEAU, ET C'EST LA MAMAN QUI JOUERA LE RÔLE DE LA SAINTE VIERGE...
...ET L'HEUREUX PAPA, LE RÔLE DE SAINT JOSEPH !
ET VOILÀ !
ET QUAND ILS SERONT INSTALLÉS, NOUS CHANTERONS "IL EST NÉ LE DIVIN ENFANT" !
GÉ- NIAL !
PLUS TARD...
MADAME PINSON VIENT D'ENTRER EN SALLE D'ACCOUCHEMENT ...
11:10
ELLE VA ACCOUCHER TROP TÔT !
MADAME KLOPS VIENT D'ACCOUCHER D'UN PETIT GARÇON !
11:45
CE N'EST PAS DE CHANCE ! À UN QUART D'HEURE PRÈS...
Y A-T-IL QUELQU'UN EN SALLE D'OPÉRATION ?
MADAME FRIPOUNET
12:00
ELLE VA GAGNER ! C'EST SÛR !
ELLE... ELLE A GAGNÉ !
DES QUINTUPLÉS ! ÇA, CE N'ÉTAIT PAS PRÉVU !
QU'EST-CE QU'ON FAIT ? ON CHANTE ?
?
ATTENDEZ AU MOINS QUE SAINT JOSEPH, HEU MONSIEUR FRIPOUNET S'ARRÊTE DE PLEURER...
POUR UNE BONNE IDÉE, C'ÉTAIT UNE BONNE IDÉE...
65

# Moi, Tarzan...

VOILÀ, MONSIEUR HARDY ! RENDEZ-VOUS AU DEUXIÈME ÉTAGE, SALLE HUIT ! LE DOCTEUR APPELBOOM VOUS Y ATTEND !
MERCI !
RÉCEPTION
SUIVANT !
FRUSH FRUSH
?!!?
QU'EST-CE QUE C'EST QUE ÇA !?!!
C'EST UNE URGENCE ! PRÉVENEZ LE DOCTEUR MINET !
IL EST AU COURANT !
AH ! DANS CE CAS... SALLE QUINZE AU REZ-DE-CHAUSSÉE... LE DOCTEUR VOUS REJOINDRA !
JE CROIS QU'IL EST PLUTÔT PRÉFÉRABLE DE LE PLANTER DANS LE JARDIN !
J'ALLAIS VOUS LE PROPOSER !
ALLEZ-Y LES GARS ! POUSSEZ !!
FEEH ! MAIS QUI DOIS-JE ANNONCER ?!
TARZAN !

ALORS ? OÙ EST-IL ?
DANS LE JARDIN, DOCTEUR !
BANG BANG
MAIS ENFIN ! VOUS AURIEZ PU LE METTRE DANS UN LIT, COMME TOUT LE MONDE !
C'EST QUE...
TARZAN PAS AIMER LITERIE ! LUI TOUJOURS COUCHER DANS ARBRE !
?
MOI, JANE, LUI, CHITA !
EEEK HOUK
ILS FONT PARTIE DE LA FAMILLE, DOCTEUR...
MERCI ! ÇA, JE L'AURAIS DEVINÉ !
QU'EST-CE QU'IL LUI EST ARRIVÉ ?
TARZAN AVOIR BÊTEMENT RATÉ LIANE !
HI HI HOU HOU HOU HOU HOU HOO
ÇA NE VOUS DÉRANGERAIT PAS DE PARLER COMME TOUT LE MONDE ? C'EST AGAÇANT À LA FIN !
VEUILLEZ M'EXCUSER DOCTEUR, MAIS NOUS AVONS VÉCU TELLEMENT D'ANNÉES ENSEMBLE...
...JE DISAIS DONC QUE, AYANT RATÉ UNE LIANE, MON MARI CHUTA BRUTALEMENT SUR LE SOL ! DEPUIS, IL A QUELQUES PETITS ENNUIS DU CÔTÉ THYRO-BICERVICO SCAPULAIRE, ET DU TRONC BRACHIO-CÉPHALIQUE VEINEUX...
HIIIIIIIIII
¡EEERK HOU HOU HOU HOU HOU HOU HOU HOU HOU
?

CHITA!
RECEPTION
HOU HOU HOU HOU HOU
BIEN! ALLONS VOIR CELA!
MMMH... OUI! À PREMIÈRE VUE, CE N'EST PAS GRAVE! IL A PERDU UN PEU DE SANG, VOILÀ TOUT! APRÈS UNE PETITE OPÉRATION ET QUELQUES PERFUSIONS, IL SERA VITE SUR PIED!!
YEEERK!
HOU HOU HOU
HI HI HOU HOU HOU
OUF! VOUS ME RASSUREZ, DOCTEUR!...
MILLE MILLIARDS DE @@@@@!!! TU VAS ME FOUTRE LA PAIX, SALE BÊTE?!!
CHITA!!
CONTINUE COMME ÇA, ET HOP, JE T'ENVOIE À LA VIVISECTION!!!
¡¡¡RIK IIRK HOU HOU HOU
ALLONS ALLONS! CHITA! CALME-TOI!... JE SUIS CERTAINE QUE LE DOCTEUR DISAIT CELA POUR PLAISANTER...
HOU HOU...
AH OUI?! QU'IL ESSAYE ENCORE DE ME FAIRE TOMBER DE LA BRANCHE, ET VOUS ALLEZ VOIR!...
...ALORS C'EST BIEN COMPRIS! VOUS LE TENEZ EN LAISSE, OU VOUS L'ENFERMEZ DANS UNE CAGE, MAIS TOUT LE TEMPS QUE JE SOIGNERAI VOTRE MARI, JE NE VEUX PAS LE VOIR COURIR LÀ-HAUT!
COMPTEZ SUR MOI DOCTEUR!
57 3

HOU HOU HOU
NOOOON ! CHITA ! TU RESTES AVEC MOI !
PINCES...
CISEAUX...
FIL...
CISEAUX !
CISEAUX !
OH ! EXCUSEZ-MOI DOCTEUR !
MAIS ENFIN MADEMOISELLE ! QU'EST-CE QUE VOUS REGARDEZ COMME ÇA ?!?!
JE... JE NE L'AVAIS JAMAIS VU, DOCTEUR !
?
QUEL BEL HOMME ! TOUT BRONZÉ... ET CES MUSCLES... VOUS AVEZ VU CES MUSCLES ?... IL N'A MÊME PAS UN POIL DE GRAISSE...
ECOUTEZ, MADEMOISELLE, JE...
VAS-Y CHITA !
MAIS QU'EST-CE QUE !?!...
HOU HOU HOU HOU HOU HOU HOU HOU
CRAK
AAAAAAA
BLAF
HOULOULOULOULOU LOULOULOULOULOU
VOUS DEVRIEZ AVOIR HONTE D'ÊTRE JALOUSE COMME ÇA ! ELLE NE FAISAIT QUE SON TRAVAIL, TOUT DE MÊME !!
HOU HOU HOU ...
ET SI VOUS ENTENDIEZ PAREILS COMMENTAIRES SUR LE CORPS DE VOTRE FEMME, VOUS NE BRONCHERIEZ PAS, VOUS ?!
ALORS LÀ...
BIEN AU CONTRAIRE, JE CROIS QUE J'EN MOURRAIS DE RIRE ...
EUM... AHUM... BIEN ! PASSONS AUX CHOSES SÉRIEUSES ! J'AI DÛ LUI FAIRE UNE PETITE ANESTHÉSIE LOCALE. SITÔT QU'IL SERA TOUT À FAIT REMIS, J'AIMERAIS QUE VOUS DISPARAISSIEZ SANS BRUIT !
TÂCHEZ DE COMPRENDRE ! IL Y A D'AUTRES PATIENTS DRÔLEMENT PLUS ATTEINTS ICI, À QUI IL FAUT BEAUCOUP DE CALME...
... ET DE SILENCE ! ...

OOOIIIIOOOIIIIIOOO
?
OH! JE CROIS QU'IL EST REMIS MAINTENANT
HOU HOU HOU HOU HOU HI HI HOU HOU
OIIOO IIIIOOIIII
MON COEUR!
LA PROCHAINE FOIS TARZAN BLESSÉ, FAIRE VENIR GRAND SORCIER! PLUS ALLER CHEZ MÉDECIN BLANC!
TARZAN! CHITA! NOUS RENTRER CHEZ NOUS VITEVITE OU NOUS AVOIR GROS ENNUIS...
OÙ SONT-ILS? OÙ SONT-ILS?
DOCTEUR! PENSEZ D'ABORD AUX PATIENTS...
Y'A PLUS DE PATIENTS!
SONT PARTIS LES PATIENTS!
ALORS!! OÙ SONT-ILS?
JANE PROMETTRE!! TARZAN PLUS BOUGER! ENCORE PETITS PLOMBS DANS FESSE GAUCHE!
AÏE!! MÉDECIN BLANC AVOIR MORDU CHITA! MÉDECIN BLANC ÊTRE FOU DANS SA TÊTE!!
HOU HOU HOU HOU
J'AI DIT TARZAN PLUS BOUGER!

# Le sang, c'est de l'argent

UNE AMBULANCE ?.! VOUS VOULEZ L'EMMENER À L'HÔPITAL ?! MAIS ÇA VA VOUS COÛTER UNE FORTUNE !
... MA FILLE TERMINE SES ÉTUDES DE MÉDECINE ! ELLE LE SOIGNERA BIEN MIEUX ! ALLEZ, VITE, VENEZ ! J'HABITE À DEUX PAS D'ICI !
GNGN
MFF
HOULÀ ! HOULA !!
VLAM
NATHAAALIE !!
?
NATHALIIIE !! VEUX-TU BIEN RÉPONDRE QUAND ON T'APPELLE !
OUI MAMAN !
AÏE !! AÏE ! OUILLE ! HOULA HOULA
OOOH !! MAIS QU'EST-CE QUE ?!...
C'EST MONSIEUR CARPENTIER ! IL EST PASSÉ À TRAVERS LES VITRES DE SON SALON !
YOUPEE ! DU FIL, DES AIGUILLES ! ÉTENDEZ-LE SUR LA TABLE DE LA SALLE À MANGER !
NE T'INQUIÈTE PAS, TUTHUR ! LA GENTILLE DEMOISELLE VA S'OCCUPER DE TOI !
AÏE AÏE OUILLE
EXCUSE-MOI CHÉRIE... MAIS J'AIMERAIS TOUT DE MÊME QU'ON M'EXPLIQUE...
TU VOIS BIEN ! GRÂCE À MOI, TA FILLE PASSE DE LA THÉORIE À LA PRATIQUE !
NE ME QUITTE PAS CHÉRIE, NE ME QUITTE PAS !
MAIS NON, MAIS NON !
62 (2)

AÏE AÏE AÏE
ALLONS ALLONS CHÉRI! SOIS RAISONNABLE! ELLE NE T'A MÊME PAS ENCORE TOUCHÉ!
ATTENTION! ON-NE-BOOUUGE-PLUS!
AÏE! OUILLE AÏEÏEÏEÏE.
AH! CES HOMMES! CE QU'ILS PEUVENT ÊTRE DOUILLETS!
RHÂÂÂ!! AÏEÏAÏEAÏE! AAAAHHH!
QU'EST-CE QUE ÇA SERAIT S'ILS DEVAIENT METTRE DES ENFANTS AU MONDE!
VOUS NE TROUVEZ PAS QU'IL EST UN PEU PÂLE?
C'EST QU'IL A PERDU BEAUCOUP DE SANG!
OUILLE OUILLE
IL FAUDRAIT LUI FAIRE UNE TRANSFUSION!... IL EST DE QUEL GROUPE, VOTRE MARI?
BEN... RÉPONDS, ARTHUR!
EUH... O.O.AB+! OUILLE!
OUILLE!
ALORS LÀ, VOUS AVEZ DE LA CHANCE!
AH BON?
C'EST LE MÊME QUE CELUI DE PAPA!
ALBERT, TU N'AS PAS HONTE?
ON NE S'ENFUIT PAS LÂCHEMENT QUAND IL S'AGIT DE SAUVER UNE VIE!
SI TU NE LE FAIS PAS POUR LUI, FAIS-LE AU MOINS POUR TA FILLE!
NE T'INQUIÈTE PAS, PAPA! JUSTE QUELQUES GOUTTES, ÇA NE PRENDRA QU'UNE MINUTE OU DEUX!
GLOU GLOU GLOU

JUSTE LE TEMPS DE S'OFFRIR UNE BONNE TASSE DE THÉ ! PASSONS DANS LA CUISINE, VOULEZ-VOUS ? TU VIENS, NATHALIE ?
OUI, MAMAN !
GLOU GLOU GLOU...
BLA BLA BLA BLABLA BLABLA BLA BLA BLA BLA ET BLA BLA BLA BLA BLA ET BLA BLA BLA BLA BLA ET BLA BLA BLA BLA BLA BLA ET BLA BLA ET BLA ET BLA BLA BLABLA BLI BLA BLA BLA BLA BLAHBLA BLA BLABLA ET BLA BLA BLA BLA BLA BLA BLA BLA...
GLOU GLOU GLOU
BLA BLA BLA BLA BLA BLA BLA BLA BLA BLA BLA BLA BLA ET BLA BLA BLA BLA BLA BLA BLA BLA BLA ET BLA ET BLABLABLA BLA BLA BLA ET BLA BLA ET BLA BLA ET BLA BLA BLA BLA BLA ET BLA BLA BLA BLA BLA BLA BLA BLA BLA BLA BLA BLA BLA BLA BLA BLA BLA BLA BLA BLA BLA BLA BLA BLA BLA BLA BLA BLA BLA BLA BLA BLA BLA ET BLA BLA BLA BLA BLA BLA BLA BLA BLABLA
...ET BLABLA ?!...
GLOU GLOU GLOU GLOU GLOU
GLOU GLOU GLOU GLOU GLOU GLOU
OH ! ON DIRAIT QU'ARTHUR VEUT NOUS DIRE QUELQUE CHOSE !
PAPA !
MON DIEU ! IL FAUT APPELER UNE AMBULANCE ! VIIIITE !
PAPA !
PAPA !
UNE AMBULANCE ? L'HÔPITAL ? ENFIN, NATHALIE, TU N'Y PENSES PAS ! CE SERAIT AVOUER QUE TU N'AS PAS BIEN FAIT TON TRAVAIL !
MAIS IL N'A PRESQUE PLUS DE SANG, MAMAN ! IL RISQUE DE MOURIIIIR !
NOOOOON ?
SIIIII !!
AH, NON ! CE QUI EST DONNÉ EST DONNÉ ! ET PUIS JE NE VOUS AI RIEN DEMANDÉ, MOI ! C'EST VOUS QUI NOUS AVEZ AMENÉS ICI ! ALLONS, VIENS ARTHUR, ON S'EN VA !
J'AI EN EFFET UNE FILLE DU MÊME ÂGE QUE LA VÔTRE, MAIS LA MIENNE FAIT DES ÉTUDES DE DROIT !
VOUS NE POUVEZ PAS SAVOIR LA CHANCE QUE VOUS AVEZ !

# Recalés...

MESDEMOISELLES, MESSIEURS! VOTRE EXAMEN PRATIQUE SERA SIMPLE! VOICI UN MALADE! EXAMINEZ-LE! JE REVIENDRAI PLUS TARD JUGER DE VOTRE DIAGNOSTIC!
BON TRAVAIL!
VAS-Y, LISETTE, COMMENCE!
OK! À TOI, ANNE!
J'AI FINI! À TOI, GILBERT!
TAP TAP TAP TAP
À TOI, PHILIPPE!...

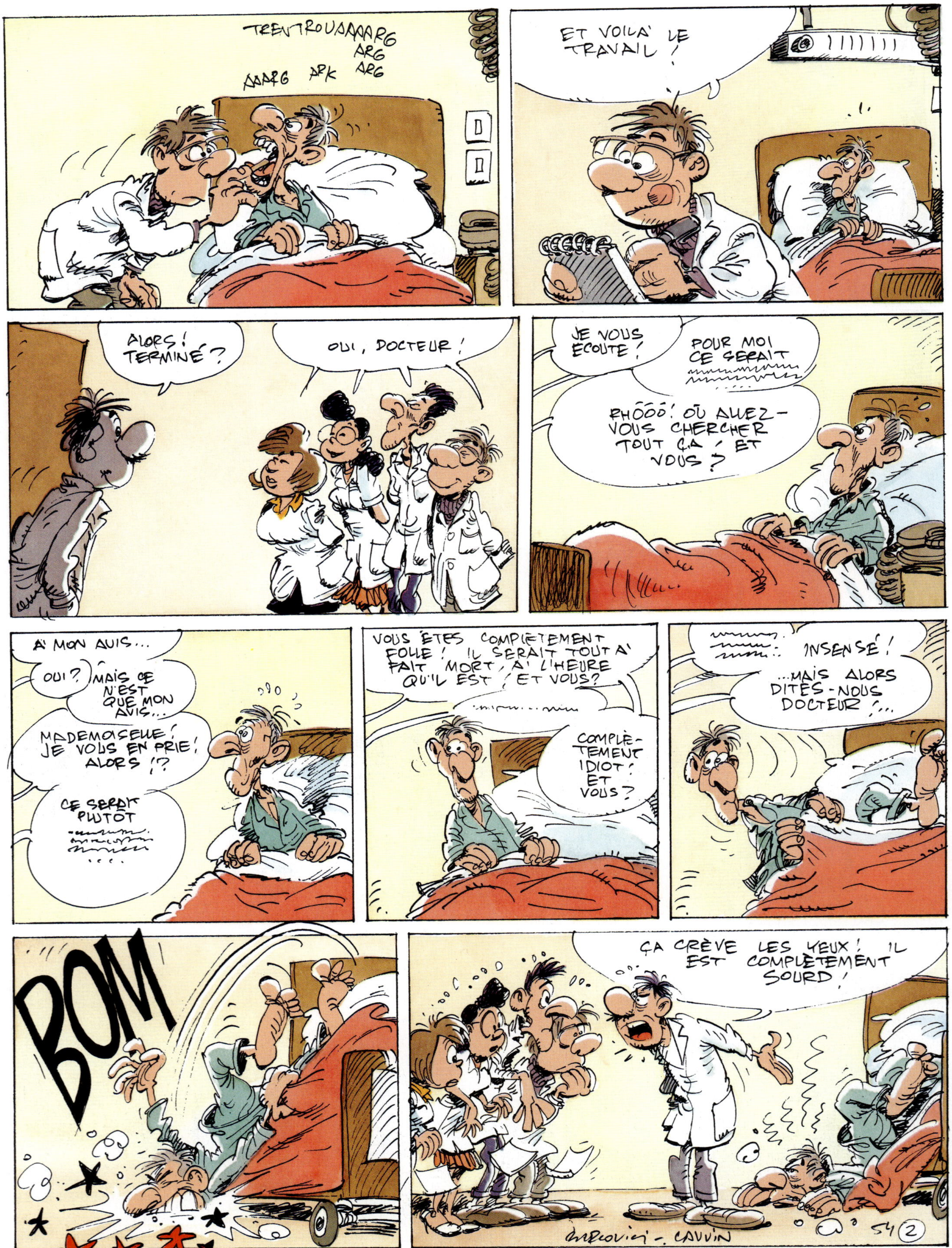
TRENTROUAAAARG
ARG
ARG
AAARG ARK
ET VOILÀ LE TRAVAIL !
ALORS ! TERMINÉ ?
OUI, DOCTEUR !
JE VOUS ÉCOUTE !
POUR MOI CE SERAIT
RHÔÔÔ ! OÙ ALLEZ-VOUS CHERCHER TOUT ÇA ! ET VOUS ?
À MON AVIS...
OUI ?
MAIS CE N'EST QUE MON AVIS...
MADEMOISELLE ! JE VOUS EN PRIE ! ALORS !?
CE SERAIT PLUTÔT
...
VOUS ÊTES COMPLÈTEMENT FOLLE ! IL SERAIT TOUT À FAIT MORT, À L'HEURE QU'IL EST ! ET VOUS ?
COMPLÈ-TEMENT IDIOT ! ET VOUS ?
INSENSÉ !
...MAIS ALORS DITES-NOUS DOCTEUR !...
BOM
ÇA CRÈVE LES YEUX ! IL EST COMPLÈTEMENT SOURD !
CAUVIN

# Soins de minuit

UN CYCLISTE ? MAIS OÙ EST-IL, CE CYCLISTE ?
AAAAAH...
LÀ ! ET IL A L'AIR BLESSÉ !
OH MON DIEU MON DIEU MON DIEU MON DIEU !
ÉCOUTE, NATHALIE... P... PERSONNE NE NOUS A VUES !... SI ON FAISAIT SEMBLANT DE RIEN ET QU'ON DISPARAISSAIT ... HEIN ?
MAMAN !
BON ! TU VEUX QU'ON APPELLE LA POLICE, HEIN ! C'EST ÇA QUE TU VEUX ? ET S'ILS TE FONT SOUFFLER DANS LE BALLON ?
MAIS JE N'AI BU QU'UN PETIT VERRE DE VIN DE TOUTE LA SOIRÉE ! ...
OUI, MAIS AVEC LE MÉTHANOL ET LE BLEU DE MÉTHYLÈNE EXPANSÉ QU'ILS METTENT DEDANS POUR LE CONSERVER, TU AS PEUT ÊTRE UN TAUX DE 7,08 DANS LE SANG ET TU NE LE SAIS MÊME PAS !
SI LE TEST S'AVÉRAIT POSITIF, TU POURRAIS DIRE ADIEU À TA CARRIÈRE, ET TON PÈRE ET MOI, ON SE SERAIT SACRIFIÉS POUR RIEN ! VIENS, ON S'EN VA !
ALORS ? TU VIENS ?!
AAAAA...
MAMAN, VIENS M'AIDER, VEUX-TU ?!
?
... KLAVTOWSKI PASSE À PAKYOSEK QUI FELANKE À BONGOBONGO... JUSQU'À PRÉSENT, L'ÉQUIPE FRANÇAISE SE DÉBROUILLE BIEN...
DING DONG DING DONG DING DONG DING DONG
UNE PETITE PASSE EN AVANT...

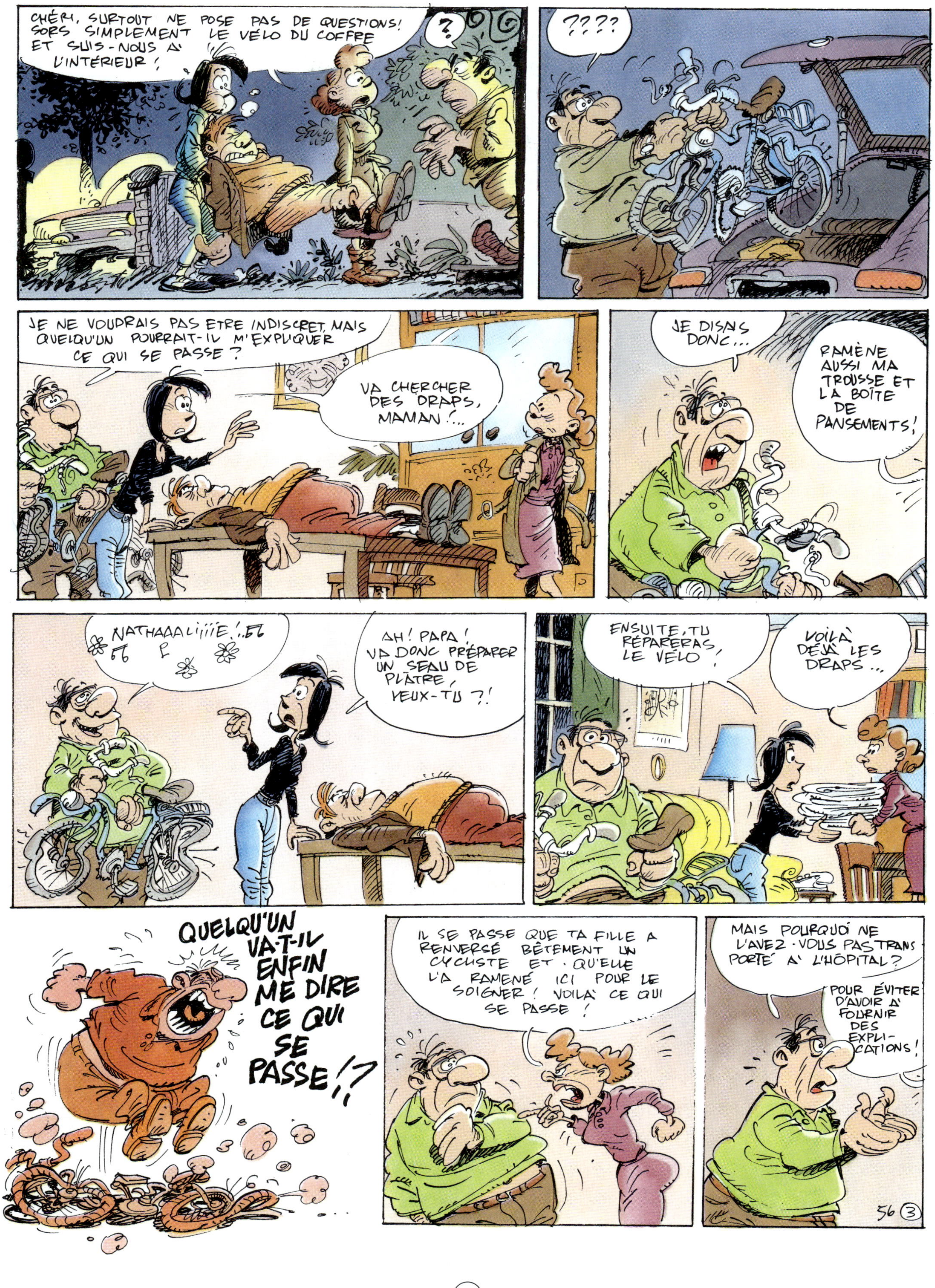
CHÉRI, SURTOUT NE POSE PAS DE QUESTIONS! SORS SIMPLEMENT LE VÉLO DU COFFRE ET SUIS-NOUS À L'INTÉRIEUR!
?
????
JE NE VOUDRAIS PAS ÊTRE INDISCRET, MAIS QUELQU'UN POURRAIT-IL M'EXPLIQUER CE QUI SE PASSE?
VA CHERCHER DES DRAPS, MAMAN!...
JE DISAIS DONC...
RAMÈNE AUSSI MA TROUSSE ET LA BOÎTE DE PANSEMENTS!
NATHAAALIIIIE!...
AH! PAPA! VA DONC PRÉPARER UN SEAU DE PLÂTRE, VEUX-TU?!
ENSUITE, TU RÉPARERAS LE VÉLO!
VOILÀ DÉJÀ LES DRAPS...
QUELQU'UN VA-T-IL ENFIN ME DIRE CE QUI SE PASSE!?
IL SE PASSE QUE TA FILLE A RENVERSÉ BÊTEMENT UN CYCLISTE ET QU'ELLE L'A RAMENÉ ICI POUR LE SOIGNER! VOILÀ CE QUI SE PASSE!
MAIS POURQUOI NE L'AVEZ-VOUS PAS TRANSPORTÉ À L'HÔPITAL?
POUR ÉVITER D'AVOIR À FOURNIR DES EXPLICATIONS!
56 3

SI QUELQU'UN ME VOIT EN TRAIN DE GÂCHER DU PLÂTRE À UNE HEURE DU MATIN, C'EST MOI QUI VAIS DEVOIR FOURNIR UN TAS D'EXPLICATIONS!
PLÂTRE
C'EST GRAVE?
QUELQUES BLESSURES SUPERFICIELLES. MAIS IL A UNE JAMBE CASSÉE! ENCORE UN PEU DE CHLOROFORME, MAMAN!
GLOUP! GLOUP! GLOUP!
BLAF
J'AI DIT UN PEU, MAMAN! TU RENDS PAPA MALADE!
QU... QU'EST-CE QUE JE... JE FAIS MAIN... MAINTENANT?...
LE VÉLO!
AH! AH OUI! LE VÉ... LE VÉLO!!
HMMF
KROUI.....
JE NE VOUDRAIS PAS VOUS FAIRE DE LA PEINE, MAIS JE CROIS BIEN QUE VOTRE VÉLO A REJOINT LE PARADIS DES BÉCANES!
OH NOOON!...
SI!
C'EST PAS VRAI... MAIS C'EST PAS VRAI!!...
NE T'INQUIÈTE PAS MA CHÉRIE! IL Y A BIEN UNE SOLUTION!!...

MON VÉLO !? AH NON ! IL N'EN EST PAS QUESTION !
IL Y A DES ANNÉES QUE TU NE T'EN SERS PLUS, À TORT D'AILLEURS ! NON MAIS, TU AS VU TON VENTRE ?
JUSTEMENT, JE...
SI TU NE LE FAIS PAS POUR MOI, FAIS-LE POUR TA FILLE !
NE SOIS PAS ÉGOÏSTE PENSE À SON AVENIR !
MAMAN ! VIENS M'AIDER !
J'ARRIVE, MA CHÉRIE !
PAPA ! NE RESTE PAS LÀ À NE RIEN FAIRE ! VA SORTIR LA CAMIONNETTE !
?
LE JOUR VA BIENTÔT SE LEVER !
OUI ! NOUS AVONS FINI JUSTE À TEMPS !
PEU APRÈS
DRINNG DRINNG
ALLÔ ?... QUOI ?... OÙ ÇA ?... UN CYCLISTE RENVERSÉ PAR UNE VOITURE ? OK ! ON PRÉVIENT L'AMBULANCE ET ON S'AMÈNE !... MAIS QUI ÊTES-VOUS ?
CLAC
QUI C'ÉTAIT ?
SAIS PAS... N'A PAS VOULU DIRE SON NOM...
JE SAIS QUE C'EST DIFFICILE À CROIRE, POURTANT JE VOUS JURE QUE C'EST LA VÉRITÉ ! IL Y A EU COMME UN GRAND CHOC... ET JE ME SUIS RÉVEILLÉ, UNE JAMBE DANS LE PLÂTRE ET AVEC UN TOUT NOUVEAU VÉLO !
D'ACCORD, CHEF... NOUS SAVONS QU'IL EST ALCOOLIQUE, MAIS DES HISTOIRES COMME ÇA, ÇA NE S'INVENTE PAS...
56 (5)

# Publicité comparative

CHEZ LE GÉNÉRALISTE, ON VOUS AUSCULTE D'ABORD...
DITES 33 ....
33
CHEZ LE SPÉCIALISTE, ON VOUS POSE D'ABORD DES QUESTIONS !...
OÙ AVEZ-VOUS MAL ?
LÀ, LÀ ET LÀ !
CHEZ LE GÉNÉRALISTE, DANS CERTAINS CAS, ON VOUS PROPOSE DE FAIRE DES ANALYSES D'URINE, DE SANG, OU UN ÉLECTROCARDIOGRAMME...
EST-CE QUE VOUS SERIEZ D'ACCORD POUR SUBIR QUELQUES EXAMENS ?
CHEZ LE SPÉCIALISTE, ON NE POSE MÊME PAS LA QUESTION...
TENEZ ! VOUS IREZ À CETTE ADRESSE SUBIR QUELQUES TESTS !
DÈS QUE LES RÉSULTATS SONT ARRIVÉS, CHEZ LE GÉNÉRALISTE, ON EN DISCUTE...
VOUS BUVEZ TROP, VOUS MANGEZ TROP, IL VA FALLOIR SUIVRE UN PETIT RÉGIME, MON CHER...
DÈS QUE LES RÉSULTATS SONT ARRIVÉS, LE SPÉCIALISTE NE SOUFFLE PAS UN MOT... IL RUMINE...
MMM MMMMMMMH...
MMMM...
LE GÉNÉRALISTE VOUS RENVOIE CHEZ VOUS...
ALORS, QU'EST-CE QU'IL A DIT ?
PLUS BOIRE, MANGER PEU ET PAS GRAS, ET PLUS FUMER !
LE SPÉCIALISTE, LUI, VOUS ENVOIE EN OBSERVATION !
MAIS QU'EST-CE QU'IL A DIT ?
RIEN ! ON M'A MIS AU RÉGIME ET ON M'A INTERDIT DE FUMER

SI VOTRE CAS SE COMPLIQUE OU S'AGGRAVE, LE GÉNÉRALISTE VOUS ENVOIE CHEZ UN.... SPÉCIALISTE ...
CROYEZ-MOI, C'EST UN BON CONSEIL !
... ET LE SPÉCIALISTE, S'IL N'OPÈRE PAS LUI-MÊME, VOUS ENVOIE CHEZ LE CHIRURGIEN.
CROYEZ-MOI C'EST UN BON CONSEIL !
À PARTIR DE CE MOMENT PRÉCIS, LE GÉNÉRALISTE ATTEND DES NOUVELLES DU SPÉCIALISTE ...
ET LE SPÉCIALISTE ATTEND DES NOUVELLES DU CHIRURGIEN -
GOLF
LE GÉNÉRALISTE ATTENDRA EN VAIN DES NOUVELLES DU SPÉCIALISTE : LE SPÉCIALISTE NE RENVOIE JAMAIS UN CLIENT VERS LE GÉNÉRALISTE : IL LES GARDE POUR LUI, OU LES ENVOIE AU CHIRURGIEN - ALORS, LE GÉNÉRALISTE PREND UN AUTRE CLIENT...
DITES 33.
33.
LE SPÉCIALISTE ATTENDRA EN VAIN DES NOUVELLES DU CHIRURGIEN : SI LE CLIENT S'EN EST SORTI, IL RETOURNERA CHEZ LE GÉNÉRALISTE - ALORS, LE SPÉCIALISTE ATTENDRA UN NOUVEAU CLIENT QUE LUI ENVERRA LE GÉNÉRALISTE...
OÙ AVEZ-VOUS MAL ?
LÀ, LÀ ET LÀ.
MAIS ALORS ? ALLEZ-VOUS ME DIRE, JE NE ME SENS PAS BIEN ? QUE DOIS-JE FAIRE ? VOUS AVEZ LE CHOIX : OU VOUS VOUS ADRESSEZ À UN GÉNÉRALISTE, OU À UN SPÉCIALISTE ...
LE GÉNÉRALISTE A UN GROS AVANTAGE : ON PEUT S'Y RENDRE TOUTE LA SEMAINE, AUX HEURES DE RENDEZ-VOUS, BIEN ENTENDU...
VOUS AVEZ LE CHOIX ENTRE LE LUNDI DE 14 H. À 17 HEURES LE MARDI DE 14 À 17 H. LE MERCREDI DE 18 À 20H ...
... LE JEUDI DE 18 À 20H. ET LE VENDREDI DE 16 À 18H !
MERCI MADAME ...
CHEZ LE SPÉCIALISTE, ON PEUT S'Y RENDRE TOUS LES MOIS DE L'ANNÉE, UNIQUEMENT SUR RENDEZ-VOUS ...
VOUS AVEZ LE CHOIX ENTRE LE MARDI 10 JUIN À 9 HEURES, LE JEUDI 16 SEPTEMBRE À 11 HEURES ET LE JEUDI 22 NOVEMBRE À 14 HEURES...
CAUVIN 88
69 3

## Baby Boom

MATERNITÉ
OUIIINN !
VLAM
AAAAAH ?!!
L'HOMME QUI VALAIT TROIS MILLIARDS ?
TIK TIK TCHIK CLICK
C'EST MOI !
TCHIIIIK
CLIK
BIP BIP
CLIK
FÉLICITATIONS ! C'EST UN GARÇON !!
TUUIIIIT TIK TIK
LA MÈRE SE PORTE BIEN ?
¡IOUUUU IOUUU TIK TIK TIK
TIK TIK
BIP. BIP
ELLE A BIEN EU QUELQUES PETITS PROBLÈMES DU CÔTÉ DES CALCULATEURS DE DENSITÉ, DE SON SYSTÈME ORDINATEUR ET DU POTENTIOMÈTRE MAIS, À PART ÇA, RIEN DE BIEN GRAVE !
CLIK CLIK
TIK TIK
BIP
CLIK TCHIK TCHIK
MATERNITÉ
VLAM
MONSIEUR HULK !
C'EST MOI !
C'EST UN GARÇON !
YOUPEEEE !
ARHEUUU ONÉGNÉGNÉ RRRR
?

AGRRR
AGROOOO
IL... IL S'ÉNERVE ! VOUS FERIEZ MIEUX D'ESSAYER DE LE CALMER !
GROWAAAR
DU CALME DU CAALME !
POW
T'AS PAS BIENTÔT FINI, DIS ? T'AS PAS ...GR... B... GROOOOO
KRAK
KRAAK
GROOAAAAAARRRR
OUIIIIIINN !
!
?
TEL PÈRE TEL FILS !
EH BIEN ÇA PROMET !...
L'HOMME INVISIBLE !
C'EST MOI !
ALORS VOUS, VOUS ÊTES COMBLÉ ! CE SONT DES JUMEAUX !
HMPF
DIEU DU CIEL !! ET... ET MA FEMME ?!!
58 2

ELLE A GLISSÉ DE LA TABLE D'OPÉRATION ! MAIS NE VOUS INQUIÉTEZ PAS, ON VA LA RETROUVER !
!
MONSIEUR ALADIN !?
C'EST MOI !
CE QUE JE NE COMPRENDS PAS, C'EST QU'IL EST NÉ AVEC UNE PETITE LAMPE À HUILE À LA MAIN...
?
!
?
?
?
ZWIP ZWIP ZWIP
AGA... AGA...
M... MOI? N...NON P...POURQUOI?!...
DIS DONC, TU N'AURAIS RIEN À TE REPROCHER, TOI ?
MONSIEUR SUPERMAN ?
FLOUP!
ICI !
OÙ ÇA ?
ICI, JE VOUS DIS !
QUAND NOUS SERONS RENTRÉS À LA CASBA, J'AURAI QUAND MÊME QUELQUES PETITES QUESTIONS À TE POSER !!
OUVREZ LA FENÊTRE !!
VOILÀ ! VOILÀ !
C'EST UNE FILLE !
YOUPEEEE !
PLAF
ET COMMENT SE PORTE L'ÉPROUVETTE ?

MONSIEUR SPIDERMAN !
?
TOUTES MES FÉLICITATIONS ! ELLE EST RAVISSANTE !...
AVOUEZ ! VOUS DITES ÇA POUR ME FAIRE PLAISIR !...
ELLE A LES YEUX DE SON PAPA !!
GRACIAS SEÑORITA VOUS MÉ FLATTEZ !
HOP !
PF...
NE VOUS INQUIÉTEZ PAS, MONSIEUR LAMPIL ! ELLE VA TRÈS BIEN ! ELLE A JUSTE UN PEU DE CHOLESTÉROL !
NOOON !
ÇA COMMENCE BIEN !
VOUS ÊTES UN PETIT VEINARD, VOUS ! CE N'EST PAS DONNÉ À TOUT LE MONDE D'ÉPOUSER LA SIRÈNE DU MISSISIPI !
JE SUIS COMBLÉ !
C'EST TERMINÉ POUR AUJOURD'HUI ! IL N'Y A PLUS PERSONNE ?
SI ! MOI !
ENCORE VOUS !
EUH...
VOYONS, MONSIEUR ÉLÉPHANT MAN, VOUS VENEZ BEAUCOUP TROP TÔT ! JE VOUS L'AI DÉJÀ DIT CENT FOIS ! DANS VOTRE FAMILLE LA PÉRIODE DE GESTATION EST DE VINGT ET UN MOIS !
MAIS C'EST AUSSI LONG QU'UNE PORTÉE D'ÉLÉPHANT, ÇA !
GRAT
SEIGNEUR, QUELLE JOURNÉE ! ÊTRE INFIRMIÈRE DANS UNE MATERNITÉ D'HOLLYWOOD, CE N'EST PAS DU GÂTEAU, JE NE TE DIS QUE ÇA !
58

# Histoire de fou...

VRAAOOOM ...
VRAOOOM
VROOOM
VRAÔÔÔÔÔ
GRAT GRAT GRAT
?
?
?
?
?
?
VROOO
JE SAIS QUE C'EST DIFFICILE À CROIRE POUR VOUS, GILBERT, MAIS C'EST LA VÉRITÉ ! VOTRE FERRARI N'EXISTE QUE DANS VOTRE IMAGINATION ...
V... VOUS CROYEZ ??
J'EN SUIS CERTAINE. DEMANDEZ DONC AU DOCTEUR MINET ! IL VOUS LE DIRA !
CLAP
ELLE A RAISON, MON VIEUX ! LA CAUSE EN EST VOTRE DÉPRESSION NERVEUSE ! MAIS VOUS VERREZ, TOUT S'ARRANGERA. C'EST UNE QUESTION DE TEMPS, VOILÀ TOUT !
MADEMOISELLE, RECONDUISEZ MONSIEUR DANS SA CHAMBRE ET ADMINISTREZ-LUI UN SÉDATIF ! QUELQUES HEURES DE REPOS LUI FERONT LE PLUS GRAND BIEN !
BIEN, DOCTEUR. SUIVEZ-MOI, GILBERT ! VOUS ALLEZ VOUS DÉTENDRE UN PEU !
60 2

CLAP
CLICK
VROOOM
VROOOM
VROOOM
?!
VROOOOOOO
KLING
BANG
CRASH
BING

MA VOITURE !
VOYONS GILBERT ! PUISQUE JE VOUS DIS QUE VOUS N'AVEZ PAS DE VOITURE ! ELLE N'EXISTE QUE DANS VOTRE IMAGINATION ! À PRÉSENT, COUCHEZ-VOUS !
MAIS QU'EST-CE QUI VOUS A PRIS DE FONCER DANS LA SERRE À TOMATES, DOCTEUR ?
JE.. EUH... BOF... LA FATIGUE SANS DOUTE !...
VOUS FERIEZ MIEUX DE RENTRER CHEZ VOUS !
JE... JE CROIS QUE VOUS AVEZ RAISON !!
OOOH ! QU'EST-CE QUE C'EST QUE ÇA !?
ÇA ? BEN, MES PINCES À VÉLO ...
ET OÙ EST-IL, VOTRE VÉLO ?
LÀ !
JE PEUX VOUS L'EMPRUNTER ?
OUAIS... BIEN SÛR !
VOYONS, DOCTEUR ! VOUS SAVEZ BIEN QU'IL N'A JAMAIS EU DE VÉLO ! IL N'A JAMAIS EXISTÉ QUE DANS SON IMAGINATION !
MERCI, MON VIEUX ! JE VOUS LE RAMÈNE DEMAIN !
J'Y COMPTE BIEN !
MAIS OÙ VA-T-IL ?
TCHIP TCHIP TCHIP TCHIP
TCHIP TCHIP
CHEZ LUI SÛREMENT ! ...SE REPOSER UN PEU...
MARTINE, TU VEUX QUE JE TE DISE ? SI JE CONTINUE LONGTEMPS CE MÉTIER, JE CROIS QUE JE VAIS DEVENIR FOLLE !
TOUT À FAIT ENTRE NOUS, JE ME DIS ÇA SOUVENT !
... ET PUIS ? ...
ÇA PASSE !

# La première fois...

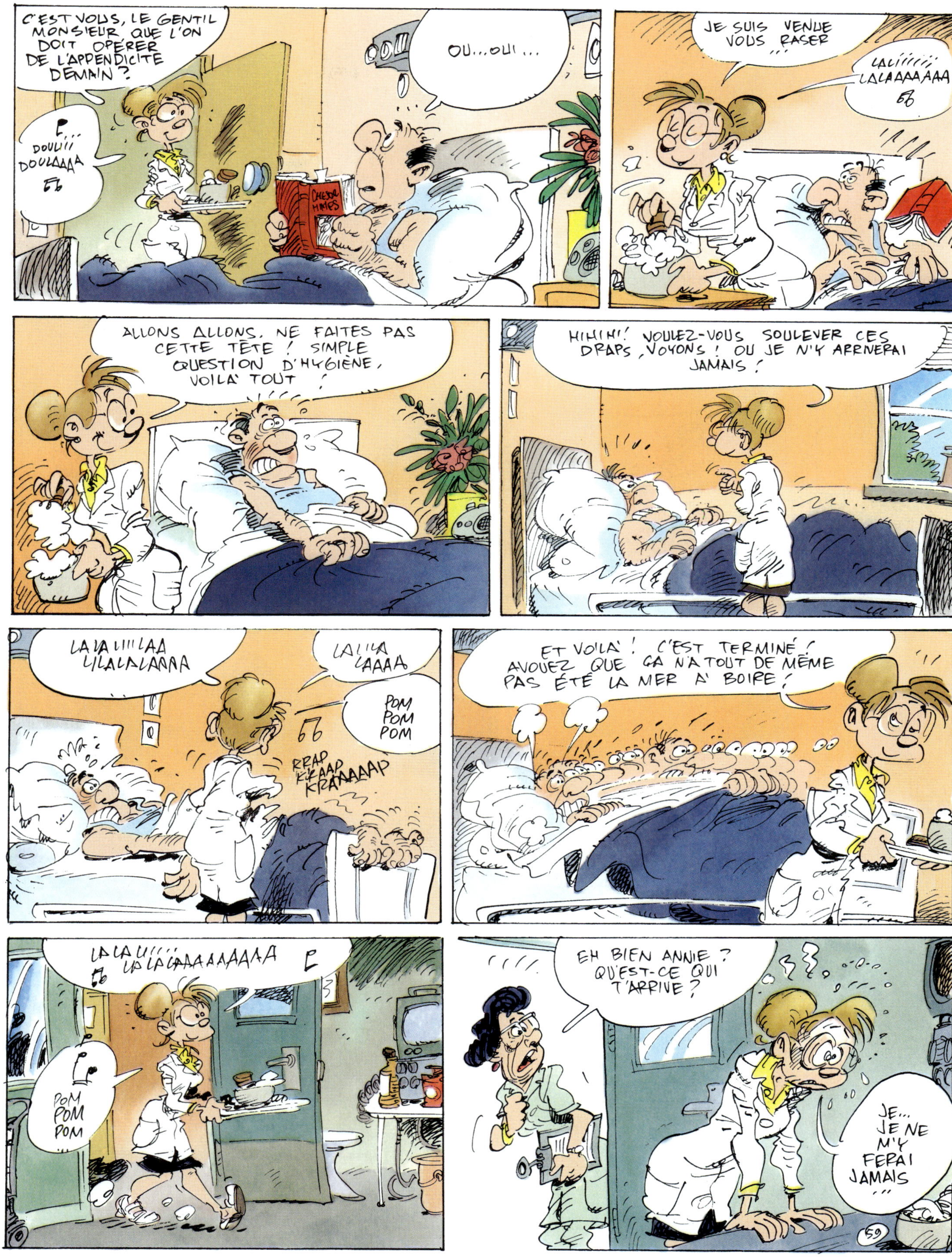

# Autres lieux, autres morts...

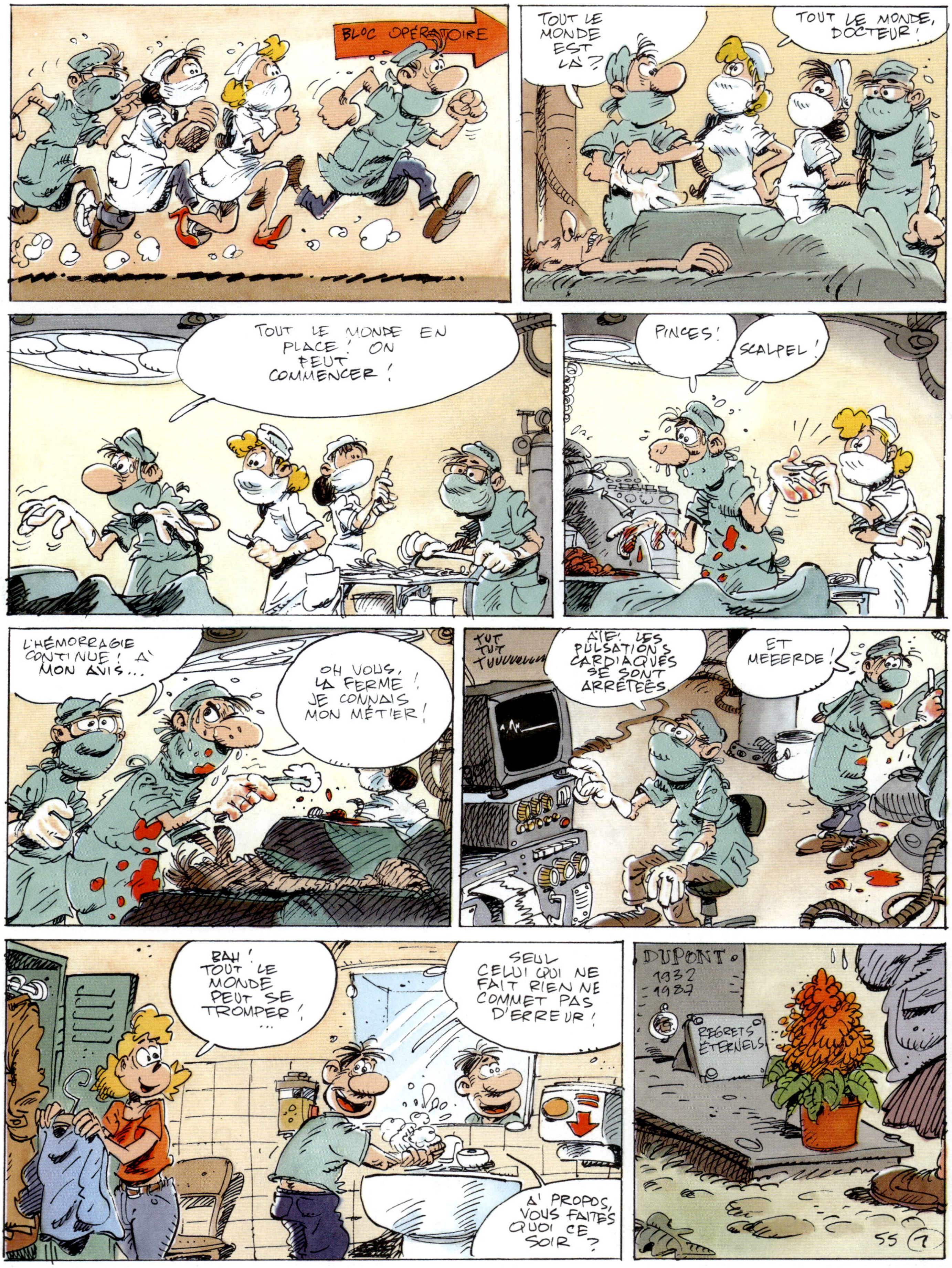

EIN, ZWEI. EIN, ZWEI. EIN...
ANNA!
PRÉSENTE!
FRIEDA!
PRÉSENTE!
FRANZ
PRÉSENT!
HELMUT!
PRÉSENT!
TOUT LE MONDE À SON POSTE! SCHNELL!
HOP!
HOP!
HOP!
PINCES!
SCALPEL!
VOILÀ MON COLONEL!
BIEN MON COLONEL!
L'HÉMORRAGIE CONTINUE MON COLONEL! À MON AVIS...
JE ME FICHE DE VOTRE AVIS LIEUTENANT! C'EST MOI QUI COMMANDE ICI!
TUT TUT TUT TUT TUUUUUU
MON COLONEL! MAYDAY! LES PULSATIONS DU COEUR SE SONT ARRÊTÉES!
DE QUEL DROIT! QUI EN A DONNÉ L'ORDRE?
JE SAIS QUE VOUS N'AVEZ PAS FAIT D'ERREUR MON COLONEL! VOUS L'AVEZ FAIT SCIEMMENT! VOUS N'AIMIEZ PAS LE MAJOR ALEXANDER!
AFFIRMATIF, CAPORAL! MAIS QUE CECI RESTE ENTRE NOUS!
À PROPOS, Z'ÊTES DE PERMISSION CE SOIR?
MAJOR ALEXANDER
MORT POUR LA PATRIE

UN DEUX UN DEUX UN DEUX UN DEUX
CAMARADE DUTILLIEUX !
AU GOULAG !
CAMARADE KOUARITCHKA !
PRÉSENTE !
CAMARADE EKRAWENSKY
PASSÉ À L'OUEST !
CAMARADE KRYSKOFF !
PRÉSENT KAMARADE KALINKALINKOV !
À VOS POSTES ! ET N'OUBLIEZ PAS QUE LA NATION A LES YEUX FIXÉS SUR NOUS !
C'EST LA LUTTEEUU FINALEUUU
POUBEL
PINCES !
DA
SCALPEL !
DA
VOUS AIMEZ MOI ?
NIET
CAMARADE KALINKALINKOV, ON DIRAIT QUE LES HÉMORRAGIES CONTINUENT ...
VOUS AVEZ QUELQUE CHOSE CONTRE LE ROUGE, CAMARADE KOUARITCHKA ?
TAAAT TAT TAT TAAAAA
CAMARADE COLONEL KALINKALINKOV, LES PULSATIONS CARDIAQUES SE SONT ARRÊTÉES.
ENCORE UN COUP DES IMPÉRIALISTES !
LE KREMLIN SERA TRÈS FÂCHÉ QUAND IL APPRENDRA COMMENT LE CAMARADE KRYSKOFF EST PASSÉ DE VIE À TRÉPAS ...
LE KREMLIN N'APPRENDRA RIEN DU TOUT, CAMARADE KOUARITCHKA !
MOI ET MA GRANDE GUEULE ...
KRYSKOFF
SIBÉRIE

# Qui naît kinésithérapeute?

PRÊT, FRANCIS ?
O... OUI OUI !...
BIEN ! JE COMMENCE !
AAAAAH !
OUI ! JE VOIS !
AGNAAA AGNAGNAAA AGNAAA AGNAGNAAA ...
YAAAYAYAAAA !
CRAC
AAAAH
HIHIHI ! COUSIN FRANCIS, TU ES UN DOUILLET !
MAIS ÇA FAIT MAL !
BOM ! BOM ! BOM ! BOM ! BOM !
OUI ! BON ! TU ES UN HOMME TOUT DE MÊME !
BONG !
AYA ! AYA ! AYA ! AYA ! AYAYAYA !
AAAH ! ÇA Y EST, JE CROIS QUE C'EST CELLE-CI ! ATTENTION, FRANCIS ! CRAMPONNE-TOI ! ÇA VA FAIRE MAL !
!
UUUUUUNE... DEEEUUUUX...
TROIS !
HAAAAAAAAGNN !
CRAC
MON FAUTEUIL !
GRMPF... EXCHCUGE-MOI, FONFON !

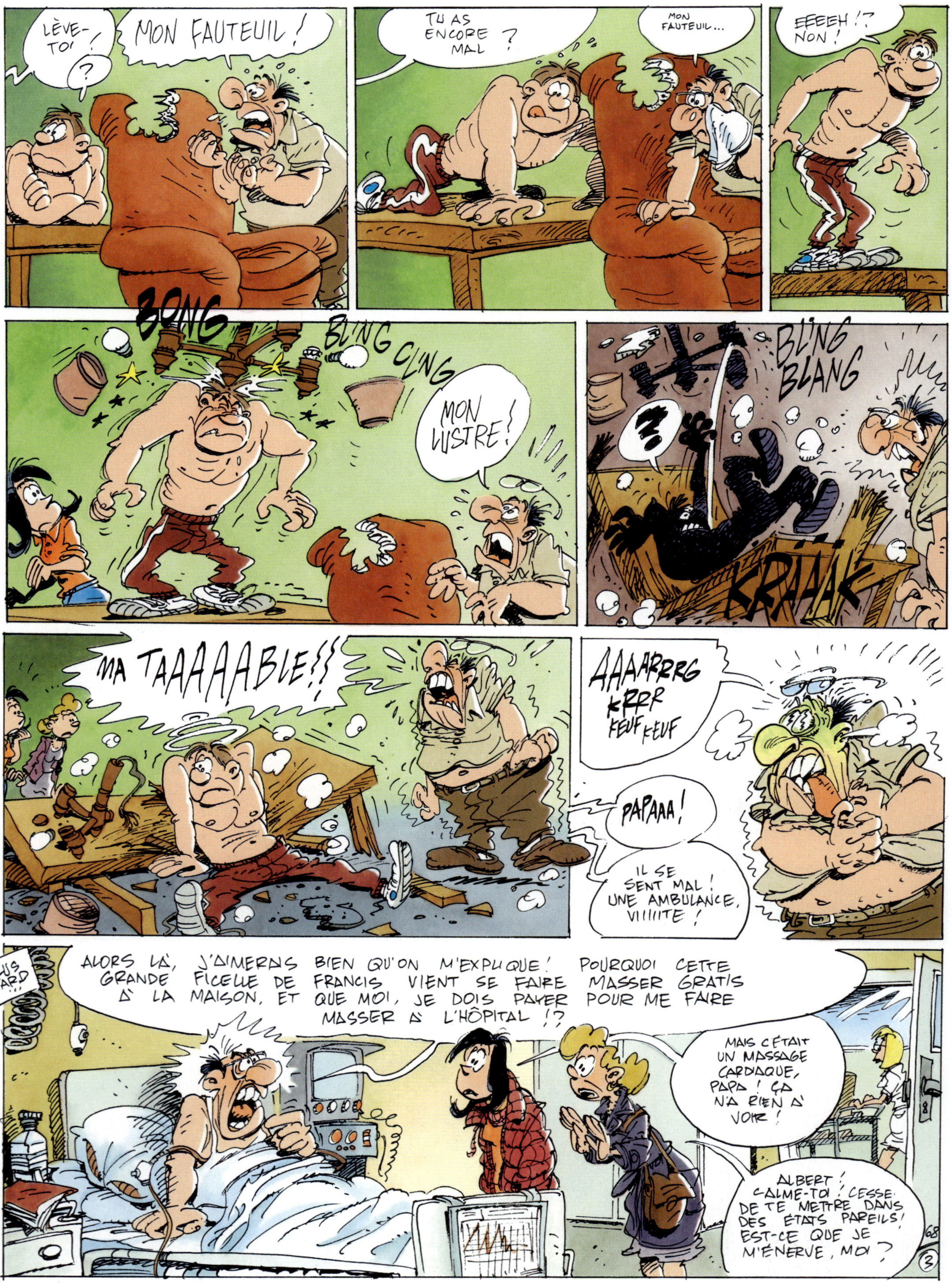
LÈVE-TOI !
?
MON FAUTEUIL !
TU AS ENCORE MAL ?
MON FAUTEUIL...
EEEEH !? NON !
BONG
BLING CLING
MON LUSTRE !
?
BLING BLANG
KRAAK
MA TAAAAABLE !!
AAAARRRG KRRR KEUF KEUF
PAPAAA !
IL SE SENT MAL ! UNE AMBULANCE, VIIIIITE !
PLUS TARD...
ALORS LÀ, J'AIMERAIS BIEN QU'ON M'EXPLIQUE ! POURQUOI CETTE GRANDE FICELLE DE FRANCIS VIENT SE FAIRE MASSER GRATIS À LA MAISON, ET QUE MOI, JE DOIS PAYER POUR ME FAIRE MASSER À L'HÔPITAL !?
MAIS C'ÉTAIT UN MASSAGE CARDIAQUE, PAPA ! ÇA N'A RIEN À VOIR !
ALBERT ! CALME-TOI ! CESSE DE TE METTRE DANS DES ÉTATS PAREILS ! EST-CE QUE JE M'ÉNERVE, MOI ?

# Happy Birthday!

# J'ai un problème...

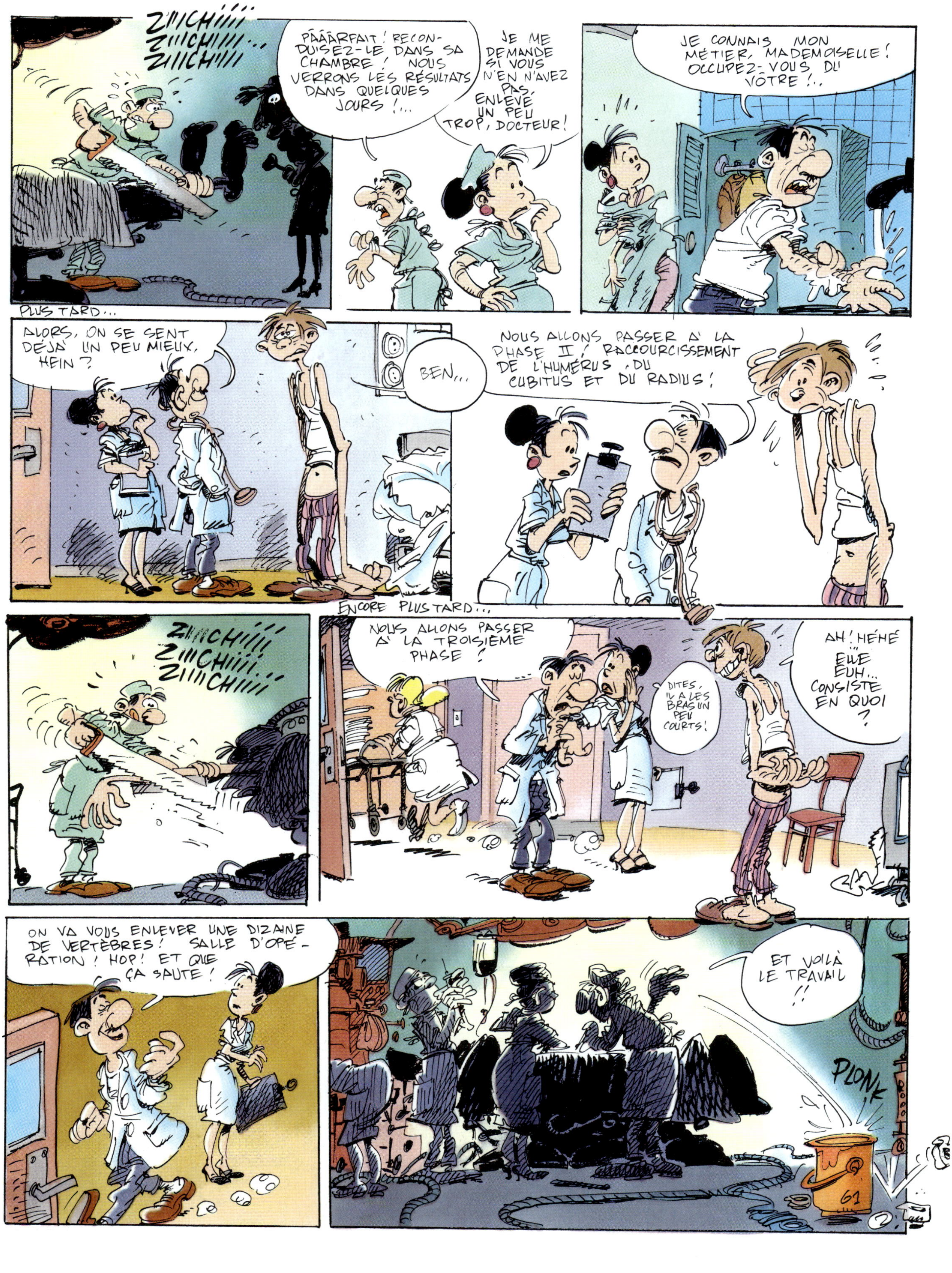

ZIIICHIIII
ZIIICHIIIII
ZIIICHIIII
PÂÂÂRFAIT ! RECONDUISEZ-LE DANS SA CHAMBRE ! NOUS VERRONS LES RÉSULTATS DANS QUELQUES JOURS !...
JE ME DEMANDE SI VOUS N'EN N'AVEZ PAS ENLEVÉ UN PEU TROP, DOCTEUR !
JE CONNAIS MON MÉTIER, MADEMOISELLE ! OCCUPEZ-VOUS DU VÔTRE !...
PLUS TARD...
ALORS, ON SE SENT DÉJÀ UN PEU MIEUX, HEIN ?
BEN...
NOUS ALLONS PASSER À LA PHASE II ! RACCOURCISSEMENT DE L'HUMÉRUS, DU CUBITUS ET DU RADIUS !
ENCORE PLUS TARD...
ZIIICHIIII
ZIIICHIIII
ZIIICH
NOUS ALLONS PASSER À LA TROISIÈME PHASE !
DITES, IL A LES BRAS UN PEU COURTS !
AH ! HÉHÉ... ELLE EUH... CONSISTE EN QUOI ?
ON VA VOUS ENLEVER UNE DIZAINE DE VERTÈBRES ! SALLE D'OPÉRATION ! HOP ! ET QUE ÇA SAUTE !
ET VOILÀ LE TRAVAIL !!
PLONK

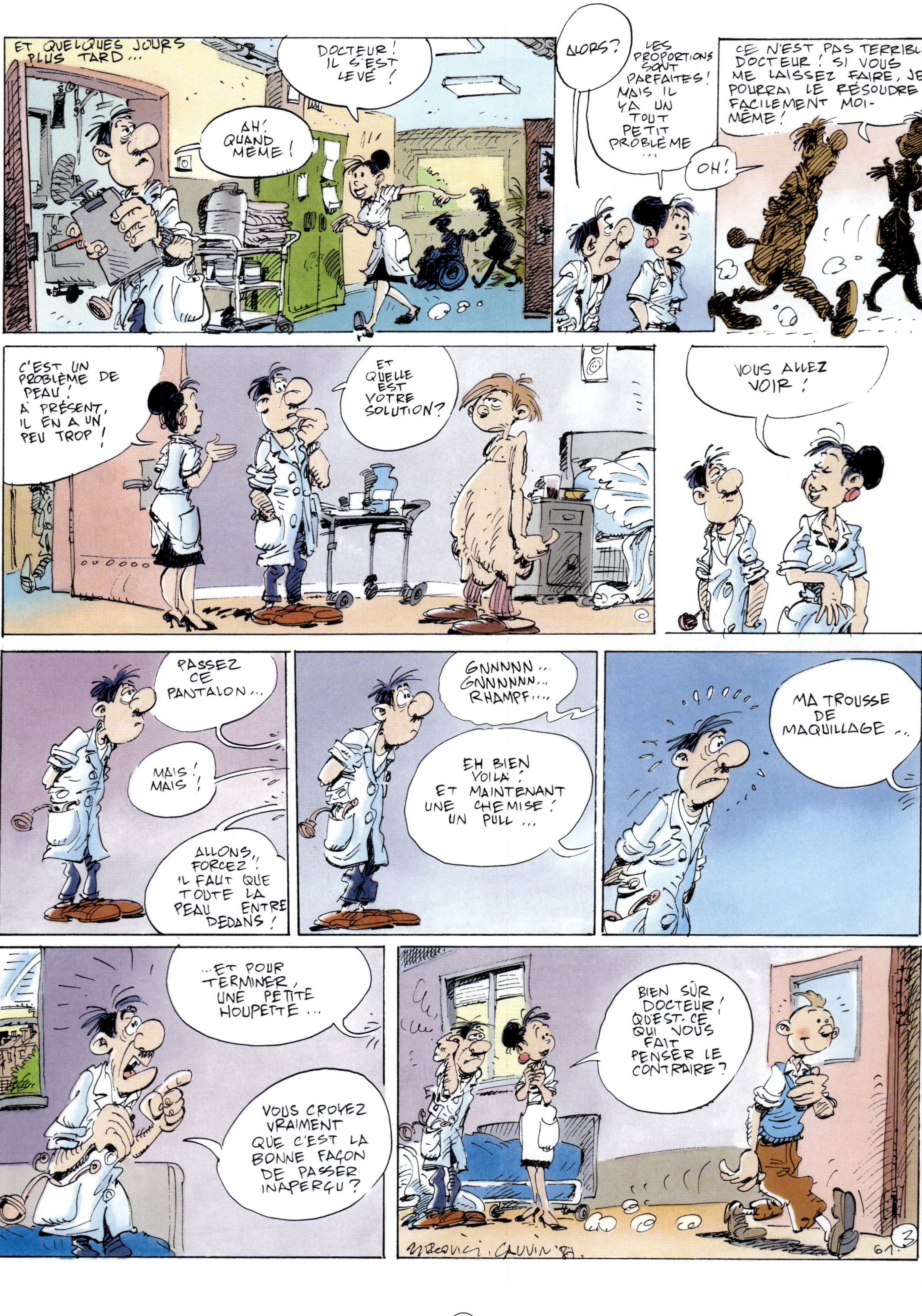
ET QUELQUES JOURS PLUS TARD...
DOCTEUR ! IL S'EST LEVÉ !
AH ! QUAND MÊME !
ALORS ?
LES PROPORTIONS SONT PARFAITES ! MAIS IL Y A UN TOUT PETIT PROBLÈME ...
OH !
CE N'EST PAS TERRIBLE DOCTEUR ! SI VOUS ME LAISSEZ FAIRE, JE POURRAI LE RÉSOUDRE FACILEMENT MOI-MÊME !
C'EST UN PROBLÈME DE PEAU ! À PRÉSENT, IL EN A UN PEU TROP !
ET QUELLE EST VOTRE SOLUTION ?
VOUS ALLEZ VOIR !
PASSEZ CE PANTALON...
MAIS ! MAIS !
ALLONS, FORCEZ ! IL FAUT QUE TOUTE LA PEAU ENTRE DEDANS !
GNNNNN... GNNNNNN... RHAMPF....
EH BIEN VOILÀ ! ET MAINTENANT UNE CHEMISE ! UN PULL...
MA TROUSSE DE MAQUILLAGE...
...ET POUR TERMINER, UNE PETITE HOUPETTE...
VOUS CROYEZ VRAIMENT QUE C'EST LA BONNE FAÇON DE PASSER INAPERÇU ?
BIEN SÛR DOCTEUR ! QU'EST-CE QUI VOUS FAIT PENSER LE CONTRAIRE ?
MACHEROT. CAUVIN '84
61. 3

BLOC
OPÉRATOIRE
SPIROU
À L'HÔPITAL,
TOUT LE MONDE LIT
SPIROU !